時間的節拍

鄭智仁

本書榮獲第五屆周夢蝶詩獎

輯五　無伴奏

第五屆周夢蝶詩獎評語

向陽・國立臺北教育大學台文所名譽教授

《時間的節拍》是一部在語言意象、語言、節奏和形式的調製上相當成熟的詩集。全書計分五輯，依寫作題材分類，各有指涉，互為詮釋。輯一「殘帖」以日常生活為素材，觸及生活與社會、生命與時間、理念和現實的多重感悟；輯二「水紋」寫人間之情，或濃烈或淺淡，舉重若輕，情意深遠，細膩動人；輯三「行旅」寫旅行所見所與地方誌，刻繪入微，以旅人之眼寫旅途心境，融入歷史與地方感，能寫出人與土地之間複雜的思維，顯現故鄉與他鄉、旅行與定居、時間與空間的對話；輯四「物哀」為現代版詠物之詩，透過外在事物的詠嘆、感懷，寄物生情，寓理其中，別有巧思；輯五「無伴奏」為懷人之作，多篇詩作與詩人、作家、作曲家對話，情深意摯。

整體來看，作者掌握語言、意象的能力高強，無廢言贅詞，乾淨明澈；在形式的表現上，作者善於裁製篇章，於整齊的格式中，表現結構與形式之美；在詩的節奏感上，作者長於運用聲韻，調理跌宕起伏的情思，搭配不同詩篇的題材與意旨，使得詩篇宛然樂章，餘音繚繞。

以詩喚回時間的芬芳

須文蔚・臺灣師範大學文學院副院長

愛因斯坦有一句名言：「時間只是一種強烈的幻想。」說明了科學家、哲學家與文學家爭論不休時間是否存在的議題，相當大程度是藉由想像力建構而成的。學者詩人鄭智仁的詩集《時間的節拍》，有近三十首作品都環繞在時間主題之上，思考深刻，語言迷人，挑戰了古今詩人關注的這個迷人課題。

楊牧在青年時期就曾寫下〈給時間〉一詩，通篇辯證時間消逝的必然與無情，楊牧提醒讀者：要能夠觸摸到時間的存在，就必須注目枯木、蒂落、塵土與星殞等具象，以及對照遺忘與死亡的必然，方能具體而微地見證時間的力道。楊牧也不忘呼喚讀者以記憶對抗遺忘：

它就是遺忘，在你我的
雙眉間踩出深谷
如沒有回音的山林
擁抱著一個原始的憂慮
告訴我，甚麼叫記憶
如你曾在死亡的甜蜜中迷失自己

鄭智仁也深諳楊牧詩學的哲思，以〈失憶的可能〉一詩揭示時間的各式力量，無論是由片斷語言記錄下的殘缺歷史，枯萎信仰進而隱蔽理想，泯滅人類的價值，詩人發出警語：「時間讓我們蜷伏在巨大的／縫隙，得以度量貪婪／與權力的刻度，返回／虛無的國度，痛苦就不再／兜售失憶的可能」，相較於楊牧堅持以回憶對抗遺忘，鄭智仁則建議讀者返回虛無的國度，可緩解時間的摧毀力量，不再耽溺於痛苦之中。

何以鄭智仁如此絕望？在上個世紀，前輩詩人步入現代文明與都市文化的衝擊下，所憂心的往往只是生活的急迫，或生命的脆弱。但隨著數位時代資訊紛繁雜沓席捲思維，資訊真偽莫辨，加上醫藥延續人們的壽命，誠如韓裔德國哲學家韓炳哲（Byung Chul Han）所點出，當今的時間危機歸根於一種不良時間，這種不良時間導致不同的時間上的紊亂和不適感，使得時間的芳香感因之消散。鄭智仁在詩集中屢屢點出類似的憂心，在〈圍〉中，在人潮與謠言充斥的時代，他嘆息：「又跌入時間深淵／明明透明如風／卻是星子喋喋不休／將欲望大規模推移／圍困永生」，道出了現代人生存的困境，有著健康的身體，卻要面對陷入悠長時光圍城的無奈。或如〈反義詞〉中：

烏鴉飛來的下午
雷鳴是你的修辭
微笑是合成的

幸福不合語法
鸛鳥游移不定
時間由且猶疑

比時間流逝還驚人的莫過於世界的以假亂真，因此詩人舉步維艱，連時間都感到遲疑，「時間，是最難變回來的魔術」（〈魔術師〉）這是鄭智仁敏於時代氛圍的警語。

韓炳哲也提醒世人，要消弭不良時間的衝擊，就要體會時間迷人的香氣，他以充滿詩意的語言描述：「有趣的是，時間那迷人的香氣是在實在的芳香上來展開的。很顯然氣味感官是一種記憶與喚醒的感覺器官。那種『不由自主的回憶』誠然也是經由觸覺的（固化了的餐巾紙之僵硬感，或者對高低不平的鋪路石頭的感覺）、聽覺的（盤子中調羹的聲音）以及視覺的經驗（瞥見馬丁郡的教堂塔尖）而被引起的，但恰好就是那由茶水的氣味和味道所喚起的回憶滲透出一種特別強烈的時間氣味，這一回憶讓童年的世界重新活現起來。」鄭智仁在《時間的節拍》中確實有意以詩喚回時間的芬芳，無論是在旅途、學校與音樂中，興懷始於微物及其上之時光痕跡，佐以抒情，營造出深刻動人的詩篇。

《時間的節拍》一系列的旅遊詩，頗能採擷風景中時間的芬芳。詩人在香港旅次，飽覽太平山夜景，細寫山下道路車燈如水銀滾動，屋瓦疊沓遮蔽了風雨，渡輪召喚行人涉水過海，他祈求：「時間就被凍結在江心／但山裡的燈火將熄，手中／無傘，不由細雨溶去發燙的情意／譜成深淺不一的新曲」，他將大海轉化為〈琵琶行〉中「唯見江心秋月白」的江水，在冷雨中依舊保有熾熱的情意。而在洛杉磯最古老的奧維拉街（Olvera Street）上，他寫下與詩集同名的〈時間的節拍〉，細膩書寫街上的一場嘉年華，風中的香料味，拉丁音樂中的歡樂與苦澀，舞者繽紛的花裙，面具後青春的臉龐，無一不敲打出現代生活外的舊日墨西哥哀傷的歷史記憶。同樣美好的書寫，如在寒風中的淺草，時間如風，將古今交織在一期一會的旅程中，此處「時間果真是個頑童／吹起了嬉鬧的笑語」（〈風吹淺草〉）。而在金澤的東山東（Higashi Chaya）內東茶屋街區中漫步，飽覽了重新修復的茶屋和酒館，詩人吟唱：「時間在屋瓦上斑駁／你用一杯茶的時光數算青春」，顯然詩人敏銳地捕捉到舊日未消散的故事，而青春在眼前即將涼去的茶中將要散去，兩相對照，只有留存記憶中的才最真實，詩人以詩句保留永恆：「茶香仍在飄溢／記憶是否依然金澤」（〈茶屋街散策〉），讀者如能反覆推敲，當能感受到其中的巧思。

鄭智仁求學在臺灣高等教育面臨少子化衝擊的時刻，取得博士學位後，他一度也和絕大多數的博士一樣，要輾轉在許多兼職的課堂中，承擔沉重的教學負擔，但並沒有澆熄他教學與研究的熱情。在〈飛氈〉一詩中，他俯視校園，回憶學生入學的青澀，畢業在即，未來不可知，可能是一張「複雜，多歧，且難以／虛構的輿圖」，他幻化天方夜譚中的奇幻場景到當代：

你已慣於借來這張
時間的飛氈

不停不停飛越什麼

寓意著深厚的祝福與提點，讓人感受到無比的溫暖。

《時間的節拍》大篇幅觸及時間，讓人不免與里爾克的《時間之書》比較，里爾克善於把生命本身作為一種客體化的體驗對象，並透過扣問造物主，探詢萬物與神諭的關係，有著濃厚的形上學的辯證。鄭智仁則將時間譬喻為具體的事物或人，為時光命名，使之具象，如「我們都坐立在時間這張／巨大的餐桌前」（〈渡船〉）；「彷彿拉回時間的馬車／可以沿途拼湊碎葉」（〈遙想〉）；「時間翻身進來，燙得滿傷」（〈京都有雨〉）；或「推時間的磨坊磨孤獨」（〈霧中風景——詩致呂赫若〉）。通過詩人以遠取譬，時間因之具有形象，更彰顯出實在、意義與力量。

《時間的節拍》中最甜美的書寫，莫過於寫音樂的〈築樂〉一詩，因為專心聆聽，可以得知樂音中的驚慌與渴望：

我用心把你的渴望聽了無數
讓樂音輕撫彼此的驚懼
讓魔笛聲聲詠歎日夜的
協奏之旅，讓時間

而〈無伴奏〉一詩，以詩論樂，點出了大提琴家的氣韻生動，也穿越時空，寫出一位音樂家的成長歷程，情意動人，是全書最抒情的篇章。

鄭智仁出手謹慎，更讓人珍惜這本難得的詩集。社會學家也是愛樂人薩依德（Edward W. Said）曾慨嘆時間是他最大、最忠實的敵人，而他也更敏銳地感受到音樂家到中年、晚年的表現，會因為精力的衰退、思想的轉變乃至於技藝的變化，而有與青年時期大相逕庭的表現。薩依德在《音樂的極境》一書幽默地說：「只要是實際活過中年的人，都是值得歡呼的事少，需要思考的事多——例如，再尋出路，調整逐漸不聽使喚的體力元氣，以便適應新的現實，從過去學取教訓，不要重蹈覆轍或背叛過去。」善於思索的智仁或許應當更放開手書寫與發表，在曲折的時光中，為讀者留下更多具有思想靈光的詩篇。

輯一　殘帖

殘帖

微光透入散佚的章節
我仍沿著丹青思忖過往
從街角轉入遇見一些荒蕪的地名
隱隱孤寂的棋子和煙草
離散的夢，多歧的思想
起身撕開鮮豔的意象以後
拴緊迷失的鞋子

然後嘆息，然後隔街吹起大風
將路上的人們吹向黃昏
留下一堆白髮書
時光早先一步翻閱
倏然，鐘聲敲破沉默
於是走過堤防，讓回憶曬乾又濕
於是看海，看潮起拍打岸礁

看濡墨的雨漾起一幅山水畫
頓時驚呼不已

則假設海的烙印不曾分離
我們勢將扣問生命的潮汐
確信烽火的傳說
讓世界牢牢掌握久病的城市
修復一再傾圮的高樓
在不斷迷惘又畏寒的年代
徐徐地將明天也落了款

失憶的可能

時間總是從語言的
房子溜了進來
偷吃記憶的果實
匆忙躍出歷史
一起失竊的句子

時間可以枯萎信仰的
花朵，頹靡且一蹶不振
隱蔽傷痕的城市
沿著歧路邁進
尋找某些失蹤的理想

時間確實泯滅人類的
價值，驕傲僅僅
點亮一刻燭火

卻帶不進死亡的棺木
誰聽見成群失效的名字

時間讓我們蜷伏在巨大的
縫隙，得以度量貪婪
與權力的刻度，返回
虛無的國度，痛苦就不再
兜售失憶的可能

浮生六記

霧濕的溫度，冰
而且浮在時間的杯子上
你在夢遊

用螢光棒畫一個月亮
星星暗了，繁花爆裂
掀起秘密的火

窗戶懸掛一串風鈴
風也不來，遠方歌聲
是記憶在濤浪聲中響起

除了攪拌孤寂
你倦於搭建一座橋
擱淺冰藍色的湖礁

落雨的夜晚
滴著酒杯
空　空　空

惺忪的你，發現風箏斷了
線，飛翔已是啄木鳥在夢裡
啄空的夢

渡船

這時，渡船頭的人群
如一雙雙筷子，正往返
海上乳白色的碗碟
吞嚥滿天的藍
餐飲花草山水的秀色
嘖嘖有聲，若且有所思

而與季節反覆印證
烹煮記憶的鮮味
如果熟透像往昔我們奔波的
馬啼聲，喧嘩似水流
與刀叉交互碰撞
以感覺飢渴的窘迫

島之一隅忽然幻變

再也無法貼地的哀傷
怕困在迷霧覆蓋的容器
再也撐不開往事的肚量
我們舀不起更龐然的歷史
更沉重的鄉愁

白色的碗碟已裝不下
不斷膨脹的世界……
只能吃力地夾起
眼前渺茫的靜默
我們都坐立在時間這張
巨大的餐桌前

遙想

你不必耽溺遠方的光影
彷彿拉回時間的馬車
可以沿途拼湊碎葉

你不必因眷戀而受苦
偶爾彎進歲月的巷弄
藏起過往的心事

或者你長久以來
哀憐春天的紫荊
我反覆站成一列防風林
終日迎向飄渺

即使你以片片碎葉
召喚夏日的蟬鳴

我飛向沉寂的海洋
且讓澎湃的巨浪吞噬

也許你可以沿途拼湊
綻放秋水的星輝
而我悄悄落下眼淚
墜落在霓虹的街景

當你駕著時間的馬車
通過冬夜的雪地
我仍然耽溺著
遠方的光影

飛氈

第一次高樓俯瞰校園
猶憶往昔腳下踩踏
寂寞飛揚的紅土

左胸口是鐵道的紋身
周而復始，南上北下
周轉我們私釀的鄉愁

操場整了又整
讓那些年揮灑的汗水
始終灌溉不成青綠的草皮

時間準確回擊你的發球
耳邊仍留有當年籃框
擦板的聲響

帶你進校園，撥開樹蔭
穿越古榕，然後撥反時針
回到多年前的課室

滿溢的青春浪潮
正朝你無畏地襲來
粉筆踱步於黑板的行列

捲向右肺的活動中心
吉他在迴廊招搖
音符排練戀愛的情節

排隊進成功廳的焦慮
深深一口氣，吐出
滿地鮮紅的鳳凰木葉
再高於咽喉地帶

你的視線已然模糊不清
遠方似是一條虛線

更像難以探知的未來
複雜，多歧，且難以
虛構的輿圖

你已慣於借來這張
時間的飛氈
不停不停飛越什麼

年輪

何以在星子墜亡以前
歲月的傷痕掌握於縹緲的
走索者，是向未來前進
或讓塵粒罩下煙幕的履歷
縱容僵化的景象
隨時排練一場劫難

島國逐漸飽受腐蝕
依然想跨出死亡的陰影
卻是悲傷一再濃縮稀釋
在斑駁的心房擴散
而整冊的書寫用來掩護
敗陣的棋子

當教堂響起分岔的鐘聲

看見淚眼並排滴落
遠處是辛酸的往事層遞
浪花激起的年代
讓尖刺的風，刻蝕我們
在同一圈　年輪

圍

信步防波堤外
看飛鳥如何解讀浪花
浪花大規模襲來
防波堤外
讓人潮湧過

夜空以帶刺的指尖朝我
抖落滿霧的月光
謠言如煙花聚斂又散開
一場思念的流星雨
坐困山中

又跌入時間深淵
明明透明如風
卻是星子喋喋不休

將欲望大規模推移
圍困永生

長歌行

當熟悉背影遠去
蛻變憂鬱的鬼魅
侵蝕以千萬愁腸
從拒絕之後受罪
日夜無間奏游移
蒼白臉頰如死灰
紛飛，如腐朽的
木屑飄落，煮沸
真實沉淪的眼淚
然而我的內心卻
猛打免疫的噴嚏
窗前可長了青苔
牆角可生了霉味
蒙了灰塵的世界
幾乎覆蓋了殮衣

一腳踏進了死寂
點燃悲哀的燭火
送行，彷彿撫慰
靈魂再次相會的
歌聲，如霧散去

問路

恆常的日常，在街巷拐彎抹角
與堤防咫尺算計半生的青春
前方危橋整修如密網
然而童年撤守，心事
仍在游牧，彷彿候鳥
逐水草而徙

此刻，河面漫漶虛無
烏雲正盤檢多疑的渡口
恍若隔世的野芒
仍根著種種理想的幻影
忽有落雨聲，忐忑心中

多年的愁一湧而來
依循浮標，四處掠影

那些塵念才擺渡而去
思念的洪水便跟了上來
沖垮意識的閘門

很快就淹過秘密的甬道
記憶如水紋盪開，時間的迴旋
彼端是啞默的霧，忽有雷鳴
躁動，學童正下了課
鞦韆盪回日常的恆常
午後，誰向時光投石問路

牡丹

最初，他們踩著八步舞前來
頭戴鷹羽，衣有刺繡
自許百步蛇的子民，從太陽的故鄉
前來，慣於將一切鐫刻於石板
讓後來的人詮釋雲的蹤跡，霧的秘密

雖然一艘船沉睡了一百多年，如果
如果沒有例外，過眼就會消逝為雲煙
但，眼睛突然被拴緊在這條紅圈
括弧內是斷續的字跡，要如何勾勒
空白，即使誤認了象徵的圖騰

那麼回到最初，誰的影子蝸居在霧中
書寫他們絕版的歷史，讓獨有的部首
不在場，而脫落成為另一個名字

伐與不伐？雖然數字是難以分解的算題
如果，如果一切可以重頭算起

從英勇的頭目阿祿古算起
眼看烽火蔓延，拖著疲乏的腳步
緊踏在這抔已然變色的黃土
用熱血把牡丹染得鮮紅，染成一片
笛聲奏響的大地，伐與不伐？

最初，他們也從太陽的故鄉前來
步伐十分輕快，卻有一些人迷路，漂流
而有回聲，那是最原始的歌謠向草叢
流竄，把鹿連人一塊趕走
剩下一些棋子，被棄置在漢界

伐，他們當以口以筆誅伐，一張紙
就寫滿了滔天罪狀，且說天地無情
為了祭祀他們的靈，文明當被剔除

我從書中驚醒，窗外牡丹仍開得艷紅
帽上的羽毛，還向天空舉得高高的

飛行日誌

——陸航基地服役時光

1

螺旋槳慢慢打動
一些風，且搖醒
等待啟航的心
昨日已被霧散去
飛起三尺，倒飛三尺
迴旋，又迴旋
螺旋槳加速旋轉
因為風，因為某些熟悉的
風（也許更陌生）一躍而入
關上機門
不見貓的腳印
只有幾片樹葉

正飄了下來

2

經常是等到搜尋方向的胃
餓了起來，才飛得回去
如何交換彼此的身軀
讓霧得以無蔽於前
如何始終奔跑於後
撿拾遺落的密語
當背景不斷降八度跳過
在藍天和黑夜之間
掩飾又掩護
黑色巨大的孤獨

3

偶爾嘗試遺忘

槳翼拍掠的聲音
閉上眼睛，更空洞的
草坪上，誰在巡視？
某天，這世界戛然靜止
而我們卻像渴望脫逃的水鳥
在旅途之中，徘徊
抵達一處轉彎
被風拋回
被聲音拋回
被往事拋回
被自己拋回

革命前夕

當子夜剖析覆雪的心岩
誰願以蜷伏的姿勢度過此生
是因不斷撞擊豐饒的花園
也同時攪亂信仰的原野

而我的肩膀已托不了每次
失落的沉重，特別是
當光影向你擲來
比未來更悠遠的未來

但陰影恆常以指尖穿透秘密
穿越花瓣，前來刺進脆弱的
心蕊，讓眼角藏不住的光
照亮圈在日曆上的春天

我們被迫選在無調性的
音痕寄居，逃避逾期的感傷
卻是傷口摺疊又被攤開
一座飄滿愛恨的島嶼

只好將自己點成一根欲淚的蠟燭
隨沸騰的空氣蒸發，昇華
當你像一株迷失的水草張望
我已然是飛走的一陣煙

風球

是夜的瞳孔正在哭泣
怎麼心事化為一碟風，碎不成言
刺透擋風的玻璃，料峭春寒
滿溢向日葵低沉的嘆息

是遊行的隊伍在哭泣
他們舉起標語像沙丁魚
游過黑潮，漫過這塊土地
等待風雨相交的或然率

是上帝和誰簽下不能退回的協議
把他們賣給黑暗的國度
天亮以前就要掛起
九號風球，再也無法抵阻

而我們在失修的傘下抵禦
一陣血腥的暴風雨

輯二　水紋

懸浮十二行

我們走過的路
已是無人的海岸線
唯一阻隔冬雷的地標
是座虹橋，一些綿密的霧
一些熟悉的背影，偶然
從溪水流過包裹著昨日的風

我們餐宿的位置
被洶湧的淚潮淹去
踩著暗處熒惑的光而來
與高樓對望，與迸裂的聲音對談
甚至越過一千隻白鷺
結下今生的蛛網

未成形

一萬滴眼淚
梗塞午後的愁雲
常常北海滿溢無言的霧
縈繞迷離的身影
天色已茫茫
你將在哪裡渡船

你看見掌舵者早先一步放帆
你看見他的行囊微露
湛藍的裙角
啊，南方的旅者
遠處已傳來揉碎的雷
還是，你將成形的心悸

在河畔

這時，晚風吹過思慕而且甜
在橘子光下，隨河畔粼粼
微溫的感覺遽爾蒸發
遠方，時亮起，又瞬滅的漁火
於是我聽見，誰以輕靈的碎步
撿起松影，撿回在月下失眠的靈魂
讓一枚隱隱發芽的心事，漾著
濕潤的馨香

那時，風景如曇花飄溢著美
從彼岸感到山後的風，雲外的星
猶簇擁著河水流動的韻致
向一片靜寂推移大規模的霧
掌心釀有秘密的漩渦
或決心以繾綣之意

仰問夜空

幾時，你正在月光下端詳
花的容顏，如何慶典之後
歌謠仍熱情與否
為了植根於記憶如新綠的芽
沿河畔以輕靈的碎步
屏息，凝視，悄然
交會的心

側影

我們立在山城一隅
小雨的日子，彷彿落向湖心處
從對岸點點漫開過
如一尾吐息的魚

空氣裡滿了凋謝的荷香
簷下冷霜細步滑動
想像在遙遠的雲端，有誰逡巡
何以風微微漸起

有些聲音，漫延於耳
悄靜且迴響，絕然是前世的音符
沿十三世紀的古橋盪來
轉角偶然初遇一片煙柳

須臾之間，便藏住誰的側影
隱約嗅聞秋日的氣味
葉子繞過琥珀色的階前
尋覓聲籟如何落腳

水紋

啊，冬日僅有的光
流蕩在相依不離的竹筏
逆風而行，是幽幽的樹群
掩著水面如佈滿無數觸手
簇擁而來

島上棲息著聽任風雨的霧
當預渡向對岸，此刻
從多情的水邊傳來了
呼喚的音信，是誰踏水而來
卻遲遲不前

往青春的邊境漂流，尋索
相聚的感覺，心中已然決定
即使，褪成無數的珊瑚

暈開來，仍要縫合一片
思念的湖

愛情島

你當自水上，擺曳而來
從那些無邊的美走來
卻言只是誤闖的旅者
採擷一串漣漪而去

彷彿要守候千年啊
那被情人握在掌心的誓言
想必已冷，連日的春雪
已微微擱淺

島上僅僅是沉積的夢
以及凝望於湖綠的一對
雙棲的林鳥，誰在吐露的
水光裡，寫滿嘆息

只是植下的花轉眼凋謝
葉舌在風中呼喚
遲來的約定，以及
解凍的淚

圓舞曲

自妳身旁靠近，有琴音
玎玎響漾，胸坎起伏的心律
隨之躍動，在指鍵
在全然悄靜的夜色
隱然有舞者自窗邊經過
一段蕭邦，舞成一圓霽月

而一次優雅的轉身
猶隔著十六分音符，八分
或待續的休止，互相間奏
互相襯對的意象輕響
在近乎冥默的片刻，落地
升起，如一朵花的綻放

淅瀝的雨遂逐漸成形

逐漸遮望羞怯的月光
下一章樂譜在指尖躍起
黑鍵與白鍵分明推敲著祕密
讓晚風衍生甜柔的歌調
對誰複誦，對誰含蓄

蔓延的香氣早已飄越窗帘
惟舞者一步步靠近，盤旋
凝佇，幾乎沉醉的音色
猶且跨越音階確認在暗中
能拾起一些髮絲
獨讓餘韻繚繞妳的身旁

海星

這裡的山嵐捱不過寂靜
我搓一條細繩怕它遠逸
綁在屋前的小窗準備郵寄
卻給晨起的雲雀
啄了乾淨

只得吹了氣球，裝填鳥語
花意，但晚風太過賣力
大老遠就催趕著送信
誰知忘了索問
住址和收件地

於是故做鎮定，把心意
夾註在秋楓的詩葉
眼淚是溪流往東方的

船渡，買了票卻走進
倒影而泣

眼前唯有託付夕陽快遞
而妳說，那裡正起
落山風，恍惚海上生明月
也許是飛魚跳躍
鯨豚翻動眾神的棲地

誰料想懷中藏存的星圖
已腐蝕，已然失訊
不如就地化為海星
讓鯨豚領航
我就隨浪向妳奔去

方向

——世運石鼓詩・射箭

如果遠方有影子閃現
戰鼓倏然交響在整座原野
屏息的心弦一拉
我就是一支振翅欲飛的箭
朝你昂然鵠立的位置奔去

即使被風所阻，被落葉所掠
被嘈嘈的鳥語所驚嚇
即使你輕輕一個轉身
我失落其中，仍想保持一個箭步
在時間終了以前，向你飛去

迷

眼淚無端滴落
沿著回憶裡的屋簷
蔓延成迷惘的雨巷

偏離溼地的寄居蟹
仍定時前來守望
雲煙凝結的謎腳

分明失神的海岸線
與經年失聯的候鳥
構築長久迷航的擺渡

生命裡數不清的流轉
因樹藤纏住了霧
因星子感知而迷戀

萬燈寂滅是轉身之際
你代替一隻螢火蟲
照亮了世界

越洋電話

闔書欲眠，不料心絲牽縈
透窗聆聽風雨，逐字逐句
就說完今生的情節？

過眼雲煙堆聚成星河
而你的氣息是魚，呼吸漲滿了潮
越過案頭湧來此岸

你的聲音遙遠地擺盪
如斷續的花香，眼睫的斂合
如流螢拍擊光的頻率

熄去所有燈芒
世界小至一葉扁舟
橫渡彼此的海洋

鋒面

遠山的霧，爬滿了衛星雲圖
接近峽谷的臂彎，懷有短暫餘溫
當困頓的蚌殼一致傾聽鐘鼓
就要集結進城

才一抽身就鼾動不已
彷彿迷途的水鳥蜷縮葉蔭
蘆葦舞起通紅的身子，細雪
連天，下在廢耕的心田

遠山開始雨落，溢滿臺階
欲望悄然探照眼底的星宿
誰為綠意粉身，為今次相逢
喚來村中錯落的雷鳴

酒囊是雨，鐵鏽的空氣毫無紀律
撲醒巨大的寂寞，窗前拱繞
深巷裡殘留的餘光
等待的那人枯坐風景

對峙

與你對峙的下午，思緒越過了光速
彷彿亂世逃過焚火來到此處
唉！陳年的秘密、夢與家書
已是灰燼，只往前一步
浪就來了

你足尖傾斜，使力蹴起雪白的羊絨被
水花如是漂浮，宣稱「每一次綻放
都是愛，卻再一次離去。」
這些誓言如字金，鏗鏘有力
穿透遙遠的未來，忽然浪就觸了礁

也曾如此想像，你是情詩
摺來的紙船，冬日揚帆到心頭
冷戰時躲避熒熒流火

讓一盞明月恍惚變成古老的鐘
今夜客船不在，不再靠岸

你在詩中迷了航，焚毀整座城市
餘燼下是寫來的經歷，借來的光陰
或胡謅的敘述，一切都已無罣礙故
思緒盪回到與你對峙的下午
浪來了，我往後退了一步

非抒情華爾滋

你來，輕快而不想發出聲響
卻讓風掠過微曦，哼即興歌曲
讓披掛枝頭的葉，盪過鐘樓

盪過湖水，讓白鷺鷥單腳
一跳，瞬時不對稱的氣旋迸生
讓盤旋根芽的露珠，不告而別

而快過快門的速度，你來
不讓心事摩擦生熱，悄步踩熄
猜忌的火苗，不讓今日孵出的烏雲

太過寂寞，不讓照片黑成一卷
裹腹感傷的膠捲，不讓暗香
流動的淚，滴醒了晃盪的燈影

應聲是謎，是迷亂的氣息
是緩慢生澀的穿越，穿越
自雨中靠近的抒情

合該是久違的音訊，你來
或是不來，舉棋而篤定
在天地間跳起沉重的舞步

最好的時光

揣想你何時呱呱落地
是聲若洪鐘
或是一道疾馳的光，照亮
行事曆上未排定的空白

多想讀你的心跳
感受擁抱的溫度
讓我為你取個名字
吹熄滿月的蠟燭

生命無非一場逆旅
想來你總是格外節制
未曾浪費分毫
也未必患得患失

你教我要逍遙來去
無關悲喜，無心可契
教我學會寬容以對
像拼圖，總是有殘缺

我們曾經同聚一個世界
只是你太早登出
與蟬鳴遁逝成虛詞
而我不免太晚放手

輯三　行旅

山之外：香山沉思

竹塹

屋子裡漂浮著雨的霉味
淹去多日以來記憶的佈局
觀棋者在山下驟然轉了身
放生滿樹的蟲鳴和落英

我來到山頂，向無懼的高樓對望
以禪的姿勢懷抱風的投影
俯首不盡的景象湧上額角
該為錯走的一步懊惱？

你指著遠處的小徑說：不
那是深埋胸坎需用一生算計的棋路

海之濱：南寮漁港

我們順勢把耳朵浮貼海面
攔下路過的野雲
傳令清風挾起浪濤
飛入尋常百姓人家

你就伸手借來一根釣竿
無視兩岸容不下一滴漣漪
至於憂愁，就當作魚餌
不過用來垂釣浩瀚的人生

船鳴聲高亢依舊，人聲鼎沸
而沉默終是必然的詠嘆

玻璃心：新竹玻璃工藝博物館

師傅從一管玻璃窺視天地

熱風吹過，自無浩然的正氣
就只是輕輕地翻掌、拈指、撥弄
便足以把眾生的意念捏塑成形

原來，你不過多使了點力
此刻，滿室的目光如炬
全身甚至感到被灼燒的痛楚
輕輕一引，手中只剩猶斷未斷的情絲

你說，人雖非玻璃打造
又豈能承受心碎的刺痛

懷舊風：新竹車站

最晚一班列車緩緩駛離
啣著煙斗，你開始敘述一些往事
不外是從戰爭以前就脫了隊
在此地已百年孤寂

當然你總是念舊的，一套衣服
想必破了又補，補了又破
總想伸出溫柔的手拉住誰的背影
他們認得星巴克而非巴洛克

想必是喝醉了，歷經多少紅塵
話其實不多，就只是輕描淡寫地

城市變奏：迎曦門

在盈尺之地，才以露珠灑下
便有喧囂齊聚碧綠的街心
縱使已鍛成另一具身軀
又如何相忘於江湖

待月光穿入枯瘦的門廊
無需墨筆來落拓煙霞

石牆就開始解體
儼然遮蔽了昨昔的蒼茫

從夜到微曦，你方能沉思
吐盡了整日以來的委屈

春日花事：十八尖山公園

點綴滿山的靜，是花開的曲子
自胸口穿透低迴的風聲裡流動
此時亭上，已然佇立良久的人
向凝聚的預言指涉如海鷗

朝最美的方向飛去，並且神似：
於解凍的湖輕點水面
遂以近乎甜蜜的步伐移動
晾曬一些是或不是的書簡

瞬息就有影子趨近，而且淡香
融融，梔子花正溫暖地綻放

旗津遇雨

自渡船下岸
微涼的風迎面而來
遠處似有幾盞花開
頓時一傘傘丁然
彷彿千萬飛螢穿織
一幅水墨畫

雨絲漸濃
濃於一片燈海
海上數枚光點亮映
映入行者的衣
衣袖究竟留著髮印
或淚痕？

雨勢漸淡，淡如

街上人潮散去
一首參不透的曲子
飄走在兩道之間
回頭，聽寂靜的水流
聽，船塢的不寂靜

仍遺留什麼在眼裡
返回潮濕的樓前
是披著霧的舞姿
或齊聲而落的嘆息
匆匆，又從容
來去

光影

——愛河燈會

遠近齊聚，粲然如星
橋上魚貫的腳步聲
叩問著今夜的主題

有光逡巡，堤岸外
我們相視以煙火，揣度
淡薄的霧，是寒或暖

惟捎來的風，是夜的指南
已千尋，已萬覓的火花
在胸中綻放

彷彿萬盞小燈幽然掠過
人群乘桴於光影

城市，在水中隱爍

鶯歌

在陌地上，感受
萬葉疊落的空寂
手冊抄滿錯亂的顏色和記號
天光給山霧鋪滿
一些幻影

一些偶遇在微冷暮色
午夜縈夢，不知何時
竟沿路標指引
在屋舍一度驚聞你——

乾咳，悄悄溢流的淚水
你或能從風的訊問下
感覺自身揹負的寓意
躡足而來

遠望老街的風采
倒映在不規則的雨
陸續結伴的背影
是冗長的鳥群
春日未完的曲子

安南・一九四六

在北方，隔著曾文溪遙望南飛的候鳥
一年的等候竟如此漫長，而美麗的傳說
早在滿城斑駁的街心躺了下來
我彷彿看見聖母立在遠處，白雲繚繞
扶著北汕尾，鹿耳，開啟一座消失的土城

一如我無法辨解兩座廟宇的輝煌歷史
便讓虛無的月光獨映此地如霧的朦朧
那麼漂浮不定並且當尋找最初的蹤跡
是幾生幾世的恩恩怨怨
幾千幾萬的熱血澎湃
瞬間溪水高漲，大軍隨艦魚貫登陸

走至十二佃，你看見百年神榕綿延盤踞
容納了多少焦慮的心，溫柔宛如流轉的風

專情便像蔚藍雲霄遮蔭來往開墾的拓荒者
彷彿臥龍展鬚，深邃且莊嚴不可侵凌
守護落地生根的蕃薯園，甘蔗林
又彷彿聽見無數生命的呼喊
無窮的塭田，養育了成千上萬的嫩芽

在南方，在四處環繞草海桐的小丘
有一片古意攀附的牆，曾經壯烈的戰場
而今砲台迎擊的勁道已然失速
隔著浸滿鹽澀的水流遙望
昔日乘風破浪的竹筏也已老舊
你就這樣靜默如紅樹林
讓蟹群奮力招潮，看水鳥起落

在東方，是該安定永康的鄉間田野啊
牛犁耕出了遍野金黃的稻穗，週而復始
在這塊土地上流下不息的汗淚
確實地灌溉出纍纍豐碩的未來果園

一切惟願神祇賜予新的轉機
讓生命寫成一頁頁負載甜蜜的劇本
而非哭成每夜心酸的蠟淚

在西方，是海峽的盡頭或者出口
你是否聽見由鹿耳傳遞祈求安順的祝禱
從靜謐田間傳來午夜的哀泣
伴隨窗前迷惑的蛙鳴與流螢的瞬滅
是否遇過幾百年來一片鯨魚海的聲影
當戲子們緩緩自幕前退後
我彷彿驚見聖母端坐殿中，白雲繚繞
正開啟下一座古城？

一九四六年三月十日，台南縣安順鄉歸為台南市管轄，改稱「安南區」，取其「安」「南」兩字紀念。而此地居民多以媽祖為信仰對象。

月光書：寄小城

靈魂和軀體同時靜坐的小城
門徑可有誰停佇？遠遠地
撐起愛與恨的疆界
此刻銀燭杳然，幾度暖風
吹過椰林，便微思凝眸
將風景嵌入日記扉頁

倘若野渡無人，如何滲進
童謠、流星與鴿子的祕密
是否天窗幽禁了幾許美麗容顏
彷彿聽見唧唧的啼哭
忽而風化成髮髻，收束滿城愁絮
忽而漫天細雨，停滯一切
恍如蝶夢

時而有人守候懷舊的廣場
咀嚼多霧的航線
思索如何折起山嵐
收進白色的季節，放出黃蝴蝶
看一朵微醉的紅花飄落
落在朦朧的塔影
或者每夜靜如綠柳
擺盪一絲流水

而我俯身趨近，捧起冰冷的月光
悄悄照映未眠的黑森林
讓掌心詮釋夢的點滴
不演練預定的劇本
讓世界迷濛，讓河流無聲
可音信早絕的清晨
你醒來對誰獨自飲泣？
如果夢的光暈已然褪去

如果摘下變調的果實
是否聽見海上飄來的鄉音迴響
並且由你的背脊跌落在此
小城啊，被推向山的胸脯
任幽草沿冷屋飄搖
像吹不動的沉重包袱
留有長遠隱蔽的印記
是誰走後總是踏響抗辯的歌聲
暗地燒信，流動的字句
逐漸飄遠

風中疊影

——香港太平山夜景

纜車緩慢離開地平線
轉身看倒影在霧裡醒轉
今夜，誰在耳鬢糾纏不已
而且阻止搜索海潮的信息

再高一些，星群離我們就近
腳下的行跡燈火通明
像酒瓶浮盪於虛實的海
默默在暗微處涓滴，流瀉

或許有風啄去一些光影
堂廡以上，意念如蟻潛行
繞過繁華和寂靜的時光
守護泛黃而飽滿的背囊

暫且蜷身於狹窄的光廊
如水銀滾動，屋瓦疊沓又為誰遮
映，渡輪已準時停憩在鏡頭
邀人涉水而過

時間就被凍結在江心
但山裡的燈火將熄，手中
無傘，不由細雨溶去發燙的情意
譜成深淺不一的新曲

長春瀑布

攤開曲折的路
你的身體是柔軟的被
枕著青山，呼喚煙嵐就來
枕著壁岩，攬鏡照
離人的容顏

輕折樹柳，兀自指揮
高音的蟲鳴，低調的花蕊
敲響一片石鼓
滾動的日光
就在苔階上舞動

噢，誰來了，請勿出聲
只怕推窗就能聽見
曲折的身世，無根的鄉愁

一碰都是晶瑩的淚珠
一顆就夠落井下石

行旅

我們會以什麼樣貌穿越迷霧
像晨曦溜進飽滿的深林，或讓大水
漫漶信仰的真理，在等待修葺的斷橋前
被寂寞搜索，從有到無
費盡氣力從史書逸走，人生
如此迂迴，路況報導依舊不明

但記憶裡的歌謠仍在誦唱，一山之隔
夢仍棲息在河堤，怕一個咳嗽
吹熄鄉愁，而驚擾廟口耆老
講述不及考古的心事
我們編造一艘竹筏，趕在暴雨前夕
載回當年漁市的吆喝

一牆之隔，就在傳來誦讀的廳室

老壁有了裂痕，誰用舊筆蘸墨光陰
又剝落為新生的嘆息，是樹影閃爍
溜入屋瓦縫隙，又冷冷響亮
拾階而上，看雷鳴驅使蟲獸走散
掌心攤開來就是一幅指引的星圖

那是大正年間，曾祖父用他的母語
追索時光的甬道，更久以前
輕輕一雙自在的木屐，踩住
生命的渡口，輕輕拉開一門帘幕
呱呱落地的嬰兒，重新哺育
他奇特而堅忍的族群社會史

但驚恐恰如白髮的乍現
得以將口音綁在無比精準的繩墨
不停撞痛血鬱的氣骨，讓祖靈偷偷步出
草木皆兵，或搧一陣風就陰冷的
島嶼，從此把耳朵浮貼牆上

以順暢的修辭把情愛隱喻

僅僅一水之隔，不如拍動想像的羽翅
大塊噫氣，所有禱詞在浪濤間
如沫，一眼望去皆已潦草成行
走筆的胸懷已然乾涸，心神不定
我們將以何種方式，擦拭霧鏡
人生如此朦朧，氣象報導依舊不明

大風吹

大風吹，吹過了市集的石仔路
彷彿掌心交錯的紋路，那些時光曲折
總有一道彎進你注視的天際線
吹向日常巷弄，川流的人潮
流洩街道幾個世紀以來的秘密

吹散了牌坊上的灰燼，馬嘶已然絕響
誰讓回憶凍藏在一卷缺佚的史冊
讓煙塵日漸落拓於前地，讓後來的新樓
亮起點點星光，指引邊境
讓回鄉不再偶書，只要一點運氣

大風吹，吹皺了漁村環抱的鏡海
吹遠了豐饒的阡陌，等待一群白鴿
掠過橋上的車龍，抵達迷霧的終點

離人坐擁茶樓詠嘆，流下濕潤的眼淚
穿織經緯線，穿透古城的岩壁

穿越無眠的賽局，以多歧紛擾的人生
向未來博奕，讓始終望洋的燈塔
在夢中照亮幽微的航線
留下青春的帆影，混淆的鄉愁
一壺鐵觀音早已吹涼了片刻

大風吹，吹亂了工整的棋盤
教堂鐘聲悠遠地晃盪，讓一枚葡幣
心神不寧，像越獄般滾出掌心
在不遠處的塔頂，匡啷匡啷
彈跳異國的歌謠，掉進曲折的石仔路

時間的節拍

——在奧維拉街（Olvera Street）

穿越一片迷離的現代
好萊塢以外，時間的節拍
不偏不倚，落在紅磚道
等墨西哥風吹過
喧鬧中自有一節香料味

誰家的鄉愁倒映在小吉他
聽得過客索解弦外之音
這一節，有玉米餅的歡樂
那一節，有仙人掌的苦澀

穿越一幢老屋的時代
戰爭以後，惟今只剩照片
譜寫人生的節拍，隆重地

敲打一節嘉年華的時光

上一節還未趕上花裙的繽紛
節奏已然加快，人潮搖曳
青春躲在每頂面具的後面
下一節，有誰的秘密脫了隊
不偏不倚，落在紅磚道

煤氣鎮

他們在這個媚影時代
闖入你蒸氣流動的時區
氤氳裊裊，隨霓虹搖擺
企圖捕撈夢的形態

煙霧剎那朦朧起來
時間靜靜躺在鐘聲裡
每一聲哨音，都像止步
那個深沉的魅影

很快會有一個世代
用三寸不爛之舌，隨口一吹
便將未來吹起，寸土寸金
再多的洪荒都踩在腳底

再多的，無非難買好光陰
煤氣燈黯然熄了下來
天空蔚藍，未來的藍圖
已是風乾後的塵土

你躲在鐘樓裡倒數計時
且將繁華逐一縮時，像雪溶後
一刻都不得閒，當哨音再度
響起，有誰從過去越界前來

煤氣鎮（Gastown）為溫哥華最古老的街區，建於1867年，以該市第一間酒吧店主Gassy Jack Deighton的名字命名而來，現仍保存全世界倖存的蒸氣鐘（Steam Clock）。

風吹淺草

穿過雷門，行至淺草寺
仲見世街道穿梭的人潮
四百年前，德川幕府來過
惟今只剩時間如風

吹來了幾個異國女子
穿著鮮豔的和服亮相
擺好姿勢，一二三
快門快得過光的速度？

一群老嫗在此見證人世
吹過人情冷暖，猶有幾回相識
穿透寒風留影最美麗的時刻
一期一會，說好了不是？

惟見草葉淺淺地晃動
穿越深眠的足跡如偈語
讓風吹皺了晴空
萬里，而無垠的花火

仍然有風繼續吹來
時間果真是個頑童
吹起了嬉鬧的笑語
噢！寺旁幼兒園放了學

茶屋街散策

午后散策茶屋街
彷彿回到無可名狀的過去

時間在屋瓦上斑駁
你用一杯茶的時光數算青春

數不盡來來回回的星塵
斜陽浮映神諭的標點

涼風穿進了木窗間隙
萬花思緒琉璃成碎片

人生悠悠翻了幾十頁
方才過了一刻

北陸宛如通往雲夢
百年止如一瞬

茶香仍在飄溢
記憶是否依然金澤

京都有雨

遠方烏雲漸次集結
川端通的櫻樹還正綠著
今夜，輪到小酒館的燈火
在巷弄迂迴誰的眼淚

晚風在鴨川吹皺水色
一對孿生姊妹走了過來

雨忽然恣意了起來
酒壺熱氣嫋嫋升起

穿過三条通，抵達夢的初心
下一條路通往何地

屏風遮堵幻魅的現實
雨滴猶在窗外徘徊

時間翻身進來，燙得滿傷
何以似曾相識

在千年一瞬的古都
你尋覓另一個自己

輯四　物哀

山夜讀雨

自你的腰際，讀出逐漸削髮的瘦影
煙塵的朦朧你的幽冥
浮雕在我昏戀的參宿

而構圖，只是織密流連雨滴的色盤
遂讓新葉攀上記憶髮梢
成一條濕透的絲巾
遮蔽寂滅的靜
打開是去年風景
前年的霜雪

你說，請閱讀我此刻的感情
不要翻動多霧的鄉愁

那山，失意歸隱夜的邊界

那雨，思量錯誤的腳步
那人，讀不出昔往的感覺

微物

醋罈子

沾染紅塵的心
為了過街招搖可以隱匿
練就一身捉摸不定
一股怨氣因此發酵
眼看情勢江流日下
只好靜候已酸化的愛情
隨著黝暗的終局
束手就擒

針

你努力在墜落以前
增加一點重量

如同豢養一張來不及
將昨天的營養成份
餵進去的薄紙

你因此學會揹起歲月
吸吮四方的精華
努力開拓荒蕪
總算織就一個
像樣的人

鈕扣

衣服上
一顆鈕扣爆開
撐不住過多的思念
難以扭開的寂寞
就此叩門而入

拿些針線
想將過季的青春縫了回來
卻怎樣都穿不進
那道看不見的
縫　隙

咖啡

人生有時像杯咖啡
折磨如豆，濾除渣滓
只為汲取精彩的霎那
即便心事苦澀難飲
即使玫瑰妝點門面
輕輕攪動，輕輕攪動

右手勾勒懸空的夢想
攪動肚腹的辛酸
翻滾的物價

翻開的帳單
左手翻找限時的優惠
兌換明日的續杯

沙

懸浮的氣粒
是流動的風
讓苦澀的記憶凝結
吹向結晶的化石
也捎來無言的你

那是八月以後的事
我們為了分解彼此的
哀愁，與水花對峙搏鬥
埋沒傷心的路
在雨季快要來臨
提前產下多事的島嶼

現在我已是一粒懸浮
風中的　沙
隨時從你的指縫裡
溜走

月光機場

那時，夜間飛行才正要開始
星星祇探頭便睡了，樹梢上
滿是悲涼的霧，隱匿著
日常的心事

「是誰？去哪裡？」
空氣與空氣之間的對話
整座機場因而醒了過來
不只遍地細瘦的黃葉窸窣
塔台，孤獨地摟抱自己的影子

當光溶化開來，漂過幾幢屋舍
小燈下，腳步聲遠近不一
有些人因失眠而追趕什麼
用杯子盛酌流瀉的，走遠的夢

死亡藏在我的口袋

——記澳洲獵殺袋鼠有感

你們說什麼物競天擇
強者生存
卻懷疑你們的未來
藏在我的口袋

什麼樣的口袋喔
容得下你們驕傲的自尊
或將我以偷竊入罪
且奪走土地所有權狀
儼然以新房東自居
恨不得趕盡殺絕
無以計數的
日取其半

蓬勃的生機阻擋不了
我顛簸地
抱起死亡前進
捧著血色的空氣
終究沒有後路喔我快速地
跳進熱騰騰的火坑
我的口袋喔口袋
其實裝著死神的微笑

近來聞訊澳洲袋鼠已達六千萬隻，超過澳洲人口的三倍，於是澳洲政府決定一年獵殺七百萬以抑制袋鼠數目，並且允許有些地方合法食用袋鼠肉。

寒蟬

我走近並俯身思索
你包裹的靜默
隔著細如針織的光
浮現幻影、摺疊的夢

靠近山谷有陌生的霧
與你交融，必然的焚風
和蛩譟，剎那無語
傾瀉成水瀑

洗亮一身早熟的秘密
冷顫地老去，若暮色微暗
只飛回片片枯葉，便順手
將潮濕的林扉，輕輕闔上

不讓夜空迂迴的月暈
流盪，淒迷如鬱
而風欲起，趁葉滿地痕
惟你俯身貼近，我的靜默

松果

頃刻，我啣著記憶的松果
朝遺忘城猛烈攻門
你自霧裡拋出不解之謎
要我盤踞時間的黑岩，推敲
如何你始終像日晷般佇立不前

大熊星座已準確指引方向
瀝血的青春我不是祇唱些情歌哄你聽
夢中月台，無人駕駛的列車開往何處？
但城門的鎖經年生鏽，藏匿野草畔的
你，聽見什麼？

棋子敗退如浮萍，如產卵後的魚
都依約死去，如泡沫，傾注的
一滴表情，忽又旋開

如昨日荒涼的碑銘
而大雪漫延，誰在唸禱詞？

轉眼，春天已開始落淚
城門依然沒有碎裂
迷霧之中，聽見有人喊痛
最後一顆松果滿是傷痕
無力地滾了出來

春祭

・楊柳青青

原來預言離別的剪影
是剪去纖纖的結髮
編織輕緲的身形離去

・土丁桂冠

妳日夜守候岸邊
戴著明艷的藍玉帽子
指引旅人的弄潮兒

・薰衣草香

我倘佯的香氣似曾熟悉

自迷霧返航能否在愛情
凋謝以前如期歸來

・羊蹄殞落

終究還是失了約
讓妳以苦澀遺下斷訊的
瓶信寫滿愁悵

・杜鵑泣血

在園中親手將妳埋葬
彷彿是誰的不捨
誰滿載的淚海

・木棉花道

憶起我們相偕走過

那道昨夜雨後的花痕
不忍走過今日的夢魂

・黃花風鈴

靜謐中風鈴微微趨近
伴我以哀慼之歌
悼念早謝之華

相思林

我們曾並肩坐在早春的霧裡
聽取來自空谷的韻響
愛開始萌芽，你懷中透明的氣味
多過大地之塵。忽而千萬裊繞的音符
飛出，句句成蝶

如果月光不曾融化，昏眩的鐘聲
依舊日日敲走永恆的綠
遍植無數愛情的旱地，清晨微雨
卻是昨夜的淚擱淺了夢
長廊下，燈火處，迴旋思念的音韻

忽而你的樣貌斷斷續續，終於
蠟炬熔盡，反覆吐出風雪迷茫
我心已然劇痛，當春天不再

來臨，你甚至一聲不響掠過
飄搖的霧

惟願剝落此生的寒衣
讓往事如根鬚紮下濛濛的細雨
讓容顏逐漸虛懸在林梢，縱有
萬花凋盡的愁，感覺思潮泛溢
任寂寥的瞳眸不再有淚

離騷

愛人，久居我秘密
供奉的香草爐
膽怯如鼠，有時壯碩如虎
（更喜食黑糖麻糬）

忽而某日踢翻
熊熊的烈火
只留下一團槁灰
難以計數

但一生難以袪除的腥騷
都在肉軀騷動，思念
猶如蚤類搔癢躁動的心扉
像一片玻璃離的離騷

讓迂腐的情愛，一念就碎
肚窩，就被咬出
腫脹的餘韻，難以消解
也回不去的鄉愁

觀鳥踟躕

熾陽正在頭頂燒燙，烏雲先行
離去，而擾亂你眼中的焦距
正是白鷺驚起，繞過線杆
穿過野芒，自心底阡陌
往返童年的村落

記憶猶如盤纏的榕鬚剪不開秘密
班駁的門牆不見昔日的雜草
大溝節節敗退，防空洞內
鏽蝕著當年咒誓的承諾
一對蜻蜓以筆墨無息寫下

田地已是錯亂無章的棋局
疏離的黑子猶然落下
打亂多年固定的思路

白衣少年在灰霧中，意圖踩線
將地標埋給下一輪盛世

黑雨猛然急奏，音符針刺胸膛
白雲後來居上，送走陰霾
眼前黑雀佇足凝視，猶疑
並且不偏不倚，在艷陽下
為高樓投影離去的堅定

老房子

1

在無人巷道上，你側身
迎向一排寂靜的老屋
沒有燈火，沒有歌聲
圍籬空懸幾隻褪色的酒瓶
偶爾碰撞鏗鏘地響
對著濕霉氣響

彎進整後的街弄
有風頻頻嵌進失聯的鞋印
心臟如霧朦朧跳動
塵封的木氣，飄了過來
像久候的家書
雪花般飛了過來

你走入凋零的舊宅
樑上水漬隱隱晃動
迴廊是誰的腳步聲
有鼠逼近，偷走記憶的麥穗
溝邊的苔蘚複製相同的韻
又噤聲於時間的甬道

2

在禁足的規訓下
讓慾望滑入廣場的深井
目光始終停留在沾塵的封蓋上
我們學會在井下窺伺，將夢想
搓製成天梯

然後書寫無解的詛咒
丟進霉濕的灶爐，儘管炊不起

火花，也讓信念重複映演
被風雨戲耍的戲碼
在誰的夢裡變了天

有人在回家的中途迷了路
驚慌得像穿著不合身的軀體
偶然有陰影閃過
就遮去日光，關起門來
猶如一盆景觀植栽

3

百年已遠，歌聲已近
一整個夏天都是青春的味道
偶然發現城市瞬間霧化
便借你的模樣，交換身分
褪下老去的衣裳，知了

成長必然的喜悅，可有聽見
祈禱或蛀掉的鄉音，自港口
陸續傳來，嘆息或無聲的歌唱

我的羽翅在繁複時代發亮
拍動思想，若隱若現
始終殘留在體內的記憶
跟不上整座城市的律動

當飛行遠到很遙遠的地方
遂舉起沉默的重量
把歲月晾成一條新的街景
而遲遲未醒的是，夢

莫種樹

「園中莫種樹，種樹四時愁。」——唐・李賀

莫種樹，種樹四時愁
何不種花種草
種舊日光影入水面
庭中枯葉映上新綠

莫種樹，落葉會追過
誰的腳步，參差如一疊往事
風一吹就是過眼雲煙
去去而不回

莫種樹，何不移來假樹
即使黃沙變成滄海
亦不用耗上一生去詮釋

露珠的美學

莫種樹，一棵不開花的樹
五百年誰也求不來
朝夕間你的笑靨
已是一座荒原

苔蘚植物

外頭鳴雷，眼球還聚焦在
窗外的山頭，雨就落在
胸坎谷壑，淹沒精神的濕地

濕氣重得宛如沉在水底
霉味四溢，雨過的水滴
還躲著不肯離去

內心已是一片肆虐後
凹陷的堰塞湖
暗影滑動，誰來垂釣
多日難眠的分裂的我

多渴望成為苔蘚植物
鎮日吸附汗與淚

讓結群的綠意療癒
空虛填滿，還有寂寞

反義詞

烏鴉飛來的下午
雷鳴是你的修辭

微笑是合成的
幸福不合語法

鸛鳥游移不定
時間由且猶疑

放生的羊群在草原
追逐著放牧的少年

不斷跳針的留聲機
給誰聽卡調的迴音

雪地上的星星
銀河不眨眼睛

永恆比露水還短促
比掌聲還不切實際

輯五　無伴奏

流浪者之歌

他們決定流浪以後
貼上靜默的標籤
和記憶浸泡憂鬱的防腐劑
留不住青春的行囊
即使淚雨在胸中飛瀑
便只有向遠方借來雲傘

如一列漲滿孤寂的行道樹
貼伏時間深邃的大霧
讓四季盲目遊蕩
成為一些消逝的典故
像日漸繃斷的琴弦
穿梭在不成調的世界
即便甘心接受眾神的試驗

為揭曉每個幽微細節
背離世俗未曾連結的情事
死生的困惑騰空逼臨
乃至奔走在無數鋼索上
宛若一場驚駭震慄的幻夢

當點亮黎明的是塵囂奔瀉
自夢中驚醒，晦澀的日光
已然助長心底苔痕，足以繫住
一條不捨向真理辭行的繩索
設想面對鏡子沉思未來：
變，還是不變？

而夜晚是嵌入茫茫的星海
與沾滿激情的白髮之間交錯
唯有街燈可以祈禱
某種神蹟，將自身提煉成
剝開陰影的豆莢

而非失去聲響的鈴鐺

虛無的目光總是潮浪般襲來
除了踏上蛀蟲般的旅程
沿途啃食希望以外
或者揹起明亮的光影
在黃昏時刻啟動失靈的唱針
迂迴無聲的霓虹

他們繼續蟄伏、游移
在幸福的深淵漂洗眼淚
且用回聲給過去砌座墓碑安葬永恆
假使焚寄悲劇預知結局
看流星劃下最後一道光芒
集體褪下存在的軀殼

記憶的午後

始終是剛睡著的姿態
午後，當一朵白雲特別明媚
窗外便是秘密果園
我忽然想起，醒來的你
是否驚喜身旁滿疊的花語

許是幸福的，因你剛又入夢
自然的呵欠，慵懶的回應
甚至我感覺海洋已漂來的浪濤
幾千個夜晚攜手數過的星星
都被安於記憶之床

多年以後，陽光如昔
風仍常常漂來種籽
轉眼，沒記起最初的信息

不知願望發芽
結果了嗎

入夜，城市被風景推擠
卸不掉的喧囂，腳印
有些歪斜，如何讓河水
洗亮街上的許願樹
在夢中你邀我同行

似陌生的聲影
但你樣貌如舊，然後有些睏意
我又按住胸口湧現的感覺，聆聽
你每次入睡，自然的鼾聲
而靜靜離去

高中時代，偶然參觀創世基金會，見到安眠的你，與熱心的醫護人員。匆匆離去，未能記得你的名字，不知多年以後，你的情形如何？

霧中風景
——詩致呂赫若

你握住自己的筆，攤開
泛黃的紙稿著墨
以生命為旋律，從一片枯葉
從一些字句斟酌而來的擲地無聲
無色，卻分明苦澀
憶及歲月烙印下的傷痕
每扇窗帘皆流蘇著心酸的故事

這一幕是記憶被炭火溫熱的蜃影
而光乍現失蹤者的形貌
一如思念紛落的雨
我們不曾在寒地上散步，棲息
和禱告，急欲嚮往一些完美的典型
卻杵在日與夜的夾層竊聽：

疾病的隱喻

我們一路向神祇靠近
去默誦比現實還飄渺
比花草還脆弱的形而上學
用苦口的良藥抗禦劇毒
忍住咳嗽聲響，忍住喜悅
推時間的磨坊磨孤獨
像是針刺，坐立都不安

這一刻在田地和市集之間
人群鱗次提著燈籠
越過噪音叢生的廊廡屏息
沿山川草木走索
僅僅踏出一步便跌落
緊緊和一枚啣來的白髮拉扯
僅僅點燃灰燼，卻點不亮荒蕪的夢

這一處已是風的回聲，往昔遠矣
丁丁然地葉樹被鎗聲鳴響
冥想如雲，勻稱地
從暮色裡釀出苦味
像走入迷宮，走來春天的錯覺
走進被冷漠釘住的城市
揭示夢如琉璃摔碎的心悸

這一片猶是淚水浸過的土地
玉蘭花啣走了猜疑的氣味
而月總是故鄉的圓
鷗鳥剛剛盤旋一道溫柔的稜線
穿織而來，像呼喚著遠方的牛車
只是身在山裡渺然不知何處
思念便如礁擱淺，無法負載

你握緊自己的筆，終究
瘦成一疊虛無

怎樣就感覺漸次蒸發
剎那燈火枯竭
驚覺已然睡成了遙遠的星子
遙遠的島嶼，碎成了
眼前的霧

尋賴和不遇

車過彰化
窗外聽聞南國的哀歌
響起
凜冬裡
忽然溫暖起來

以為古老的城市
可有你兮形影
一路就奔馳到鹿港
行到街頭
四處找人問你兮所在

人說　頭前兮民俗文物館
有可能找著
就按呢

「等到日黃昏
終無看見君」

而我這雙腕
已提起百年的歷史
祖傳的味道
失傳的記憶
哀歌　離我愈來愈遠

回頭彷彿見你
獨立低氣壓的山頂
在風中張開喉嚨
竭盡力量地
吶喊

「等到日黃昏」、「終無看見君」引自賴和〈相思歌〉。

送報伕

踩遍過去送報的路線
一幅幅圖象得以映現
有人撥開迷霧不知去向
像是剪輯粗糙的蒙太奇
但報上斗大的標題
猶是失業問題

你是否也遺忘了純粹的理想
所謂和平，竟是一場
遙不可及的信仰
誰知日夜竟此匆匆
自己猶如一隻蜂蝶
飛掠歧路花園
練習咀嚼咒語之蜜
包裹喊不出來的口號

然而你仍得定時向時間納稅
安於所謂的階級，別想要
外送心事而不安於室
否則就被通緝在一疊
密密麻麻的文字
喧嘩忘記帶走
又將自己躺回靜謐

沿途有人配達了優惠傳單
買三送一，半買半相送
日常的日常，春光猶在
惟你要將知識宅配給誰

尋望舒

沿著薄扶林道上坡
追覓詩人拓印的心事
傳說他曾借宿於此
竟感覺如幽靈的召喚

午後是否薄霧襲來
水泥叢的草脈寡言以對
小徑猶且清幽隱密
卻搆不著他深藏的記憶

水塘早已化為華廈
憂愁被安置在舊日
那些災難的歲月已過
競向長出銳利的青苔

無人知曉他底手掌
是否殘損，直到讓人
傷神的白蝶飛出
模糊了希望的眼淚

倏然，一大群學生下了課
湧過來的不再是丁香
巴士飄來的廢氣傲慢提醒
這是現代化的摩登香港

1. 戴望舒（1905-1950）於 1938 年來港後，曾與妻女客居薄扶林道 92 號林泉居。
2. 本詩多處化用戴望舒的詩句，聊表致敬。

白蝴蝶

山中仰視一群白蝶飛舞
多年的雨曾讓你停下腳步
當風在深谷把湖水吹成雲霧
足以將舊日的情景湮沒
可是年少的胸懷撐不起
快速來臨的老境，不時
糾纏的意象，霎時被藥
煎在你沉吟的肺腑
而吐出血色的處方箋
攤開，竟是一帖栩栩如生的畫

畫中瞥見你佇立實驗室裡
從激昂的血管觀察綠血球的泅泳
且默默用十年的光陰
治癒體內如罌粟花的毒

並將流星的眼淚滴進茶甕
烘焙隔室的紛雜恍如隔世的清香
你簡單寫下十個字的工夫
一陣急雨就暈滿了詩稿
我用鏡頭逐一把情景收了進來
此刻全城豎耳傾聽，桐花的飄落

忽然在夢裡不知身是客
我已走入畫的空白處
彷彿看你輕輕抓起筆桿
然後寫生，素描，盤坐在水田
臨摹這片大千世界
知性的詩是有的，但你說
什麼都沒有，也是美
茶香漸漸飄了過來
你揮了手，示意
等待等待再等待！

「快速來臨的老境」引自詩人詹冰〈老境〉一詩，末句則借用詩人名作〈水牛圖〉。

八月・花蓮想像

我站立的位置在時間大街的彎處
過去、現在與未來的聲音如波浪翻疊

——陳黎〈花蓮港街・一九三九〉

過去你包容了這塊土地的血、尿
和大便，一如你讓你的詩串連
拍醒島嶼台灣的聲音
以涼鞋走過四季，用感性的律動
嚙合生命的齒輪，讓笑聲飄過笑聲
讓永恆寫在永生的電線竿
想起不捲舌也能唱出交響曲
讓靜默如少女的小城
如何掩埋又被時間憶起
現在我接續的是你拋過來的繩索

以虛構的筆，以感覺為鏡
看似平淡又不平淡，彷彿走在詩路
一隻蝴蝶迴旋再迴旋
和時間競賽，也和時間交涉
聽見苦難與自由的辯證
如何迷路的陽光醒在午夜的月宮
現實太遠，夢想未消化
這就是以眼淚滴成的鏡書嗎？

未來就讓我拋回一個虛空
比想像更抽象的閃亮的宇宙
放開跳躍的詩句演練腹語
化不安為驚喜，感覺一遍遍海水
的呼喚，感覺夏夜的星子
低迴，感覺秋風吹下
始終能重新滾出來的趣味
當親愛的詩人用突然的嚴肅
測驗我對寫詩的忠貞

沿濟慈路漫想

經過河堤，綠鬱
正提醒了你
不到秋頌的季節
沒有蟋蟀促織的黃絹
白日總該放歌，卻非夜鶯
「聽見的樂聲雖好，但若聽不見
卻更美」

此時見不著燦爛的星
為此有所困頓
為此憂鬱而驚懼
人生百病，是否可以轉診
下個路口就到了靜思堂
再過去就是銀河車站
前往永生，抑是普濟眾生？

花蓮美崙溪旁的防汛道路，緊鄰慈濟園區，路名的靈感來自英國浪漫詩人濟慈（John Keats, 1795-1821），而更其名為「濟慈路」。「聽見的樂聲雖好，但若聽不見／卻更美」引自濟慈〈希臘古甕頌〉。

語言學家

今天的雷仍在悶煮
昨日的雷，還未拆除
我驚心動魄的雷神
在十字架上出生以來
就隱身在語言學之中

（噓！請勿發出「雷」聲）

能指所指，不如祂的拈花一指
有求必應，砰然的音韻
隱喻或轉喻，眾生難解的憂鬱
公理與正義不成規律，淚眼婆娑
靜靜等待惡的審判

（噓！請勿發出聲）

史冊已載明我族的遭遇
多少先賢因進諫而遊走
語言（失語）的鋼索
我願是巨大的避↑針
閃躲四方八荒的風暴

（噓！請勿出聲）

凡不想聽的，凡刺耳的
凡踩過的地方都是□□
想像一萬個□□在此爆開
非祂同類，舌根怎能
繼承纍纍的絕學

（噓！）

祇得記住方位，算計數字

扮演沉默的悶鍋
而鍋底的熱油溢滿周圍
錯一步，粉碎餘生
雷神的棋戲，澎湃的餘韻

夢中導航

今夜山中大霧，衛星突然失訊
地圖顯示不來困窘的心境
你不得不借宿陌生旅店
好讓失控的眼淚降低濕度

倏然醒來，導航指向一條
野薑小徑，卻驚覺夾岸無物
芒花昨日以前還未收割
今日是一片波浪

每次掠過都成了幻影
第七日了，四周業已枯澀
這裡是間暗房，但你畏懼
加速洗出戀人的相片

外頭正舉辦神秘的婚禮
無人觀禮，新娘臉孔模糊
攝影師是你，對準焦距
投映倒轉的人生

極樂的旅途，繫好黑衣
他們樂意送你一程，口中喃喃
要你不再害怕迷路
要你從此走進安心的夢裡

水兵

雨沖走了斑駁的記憶，你沿著海岸輕步，有意讓給微醺的日光奔馳在這座城市，聽任風的熙壤，堅持在三色堇中低聲詠唱。對岸似乎染上了霧氣，短時間迸生的海市蜃樓移轉了多重指涉，有時那些倒影偏偏無韻，甚至無意。

古建築彷彿怕誰洞悉而隱藏了多年的秘密。天剛拂曉，蝴蝶就驚擾了時光，你站立岸上，遠方的想像成了潮汐，鷺鷥水面拍動著疏離的光影，乍隱乍現地響起熟悉的旋律。種種跡象顯示，伊人不在燈火闌珊處。

但船隊早已啟程，前往不可告解的航線，你因長期佇足而失去俯衝的氣勢，連露珠緩慢亦漲滿苔砌，隔著石腳發現是淚滴成形，無關夸飾或隱喻，猶疑的你開始厭戰，因方向不明而悲泣，直教夢出現了裂縫，瞬間著了火。

你始終無法參透發亮的水平線，因何而起。

演員

總說人生如戲
你便是自己的王牌編劇
既想懷抱有用的夢想
寫出曠世的鉅著
也亟需觀眾買單欣賞

沿途遇見更多的人
往往只有一些重複現影
故事更是平行交錯
一邊無畏地行進
一邊無奈地懊悔

世間有那麼多風景
你偏得選用長鏡頭
一鏡到底，方可收攏

四面八方的荒謬
與藏匿其中的隱喻

然而回憶真是蒙太奇
讓傷心快樂跳接並置
內心吶喊要連戲
遺忘總在不經意時
讓人出了戲

人生其實並不如戲
以為背熟戲裡要說的臺詞
百般演練走位的路線
不過是在上帝精心設計的景框
重複薛西弗斯的舉動

更多時候深陷迷霧
忘了自身扮演什麼腳色
感覺像個臨時演員

跑跑龍套，終究要淡出
這個殘酷的舞台世界

魔術師

你知曉鎂光燈從不聚焦於
舞台有過短暫的黑暗
且讓精心製作的道具穿梭其中
在各式箱子之間偷天換日
練習移形換位，好將自己
順利脫逃死亡的密室
讓眾生情緒屏息在緊張的此刻

還想要變些什麼呢
左手亮出一隻美麗的金絲雀
來不及逃走的宿命
來不及遠離的牢籠
右手獻上送不完的玫瑰
送不了的舊日情人
送不走的孤獨感

你的內心在舞台逸走
既要默想種種穿幫的局面
渴望重複迷人的掌聲
或用計竊取他人的心事
像個面無表情的 poker
只須翻牌而毋須翻臉
憑空耍弄無中生有的本領

你企圖以假亂真，讓觀眾
痛快逼視殘酷的瞬間
驚嘆人生何以如此掌控
你清楚知道，永遠只能變出
已知的事物，可取代的過去
卻變不來未來的未來
時間，是最難變回來的魔術

新生

穿越長廊，凝望魚貫成群的學子
仍如稚澀的少年氣象，準時趕赴
晨間的微積分，像有睡意的算式
為了驗證運動定律，牛頓般沉思
一個閃神，蘋果落在某張桌子而明亮

曾經進行的化學實驗，現在輪到他們
核對結構式，萃取萬物的精華
當人生竟如分子急流消逝，何況
窗外燦爛的枝節，從不過問
未來的安排，在一座棋盤似的小學校

穿針引線，就在解剖學的課室
舊樓新生泡著彼此的心事傾聽
俯身，屏氣，凝神，有時修補關係

並反覆演練突發交錯的狀況
為割膚之愛傳承兩代的時差

星盤轉到了我的方位，一眼望去
台下的星芒漸次躁動，湧到
面前的是象徵的試探，還是紀實的
虛構，假如複沓的情感可以模仿
心生阡陌縱橫若有若無的情節

穿插其中的秘密是寂寞，難以傳神的
孤獨，竟失去了絕佳的黃金比例
不過惋惜古來聖賢，現代也迷了路
「電梯門要關了」，還會有下一班
姍姍來遲，已是新生的修煉

築樂

第一次這樣撞及飛舞的音符
像耳朵內拍打著漲跳的潮浪
隔著數千名聽眾，襲捲
而成一首極輕柔的曲調
音符頻頻高低躍動，頻頻
敲進方寸，四周寧靜無語
此刻修辭都顯得無趣
彷彿沿著古典的音階
攀過莊嚴的神殿，瞧見
你用歌聲填飽肚腹
用隱喻寫滿整頁音譜
將歡樂注進音樂，周旋
僅存的靈感，為神的憐憫
緊咬著牙，追逐一種
在他鄉流傳的樂術

我用心把你的渴望聽了無數
讓樂音輕撫彼此的驚懼
讓魔笛聲聲詠歎日夜的
協奏之旅，讓時間
像書頁持續翻動——
無論彈琴或散步，持續
簡潔的旋律，聽見
誰在琴鍵上敲下某種
神秘的安魂訊息……

無伴奏

——Bach’s Cello Suite No. 1 in G Major

左手指尖按住了琴弦
呼吸逐漸平息
等思緒放空
等時間開始凝結
等觀眾就座
等弦音滑落了嗎？
右手於是運起弓來
刷落第一個音符

旋律自然熟悉不過
落在異鄉下雪的多少夜晚
落在他城流淚的幾個春夏
看窗外有人走過
看人生起起落落

等到時間燙過容顏
等到弦音又翻過幾個秋

去到音樂之都，你學了什麼？
學巴哈老派的抒情
學莫札特的天真純淨
學貝多芬的創意
也學蕭邦的孤獨詩意
學會讓月光迂迴的德布西
卻學不會李斯特般跨越整座世界
將日子過成提心吊膽的悲愴

弦音逐漸加快，你想到
生活總是蠻橫地對位又賦格
想到第二樂章的人生要持續慢板
禁不起變奏，沒想到
夢竟是一尾掉滿鱗片的魚而無力
你想到聖誕樹上虛懸的禮物

需要額外的裝飾音
想到日常的帳單柴米油鹽
沒想到音階盪到谷底
你決定鮭魚般游了回來

弦音攀過起伏的階梯
呼吸開始凝重，轉身
行進寫意的快板
你維持簡單的平均律
空弦的日子自有餘響
總要習慣無伴奏的歲月
右手運起弓弦
刷落最後一個音符

後記

某日下午，聽見妻子正在使用節拍器，以校準演奏的速度與節奏，乍聽規律的聲響傳來，彷彿敲打著時間，答—答—答—答，倏然有了些感悟，世間原是規律的常態，卻也經常有逸軌的現象，或出現難以受控的局面，而時間就是最大的節拍器。

每當季節開始轉變，胸口的鬱氣也倨坐不前，期待總有晴朗的天氣，可是造化何以澆滅如此微渺的心願。雨勢連綿，霧氣湧生，蔓延的辭藻無地更新。何日出發，怎樣穿越經緯的設限解開曲折的謎，愈發懷念指認星雲的夜晚，人間千載韶光，而形骸終能安在？只見意念一骨碌地流轉，淒美的故事逐字逐句在心底響起，松果落地轉瞬早化為霜雪，過盡千帆也非雁影往返。

憶及在花蓮蟄居遼闊的縱谷五年，每到秋冬總有連續的雨，由此拋離無聲的孤獨，無解的習題。走馬看花，卻只聽得枝蔓淺薄的音步，悄悄驚醒了迴廊上的過客，猶且傷懷此地觸摸不到落日的餘溫，烏雲來得太慌促，一陣冷風掠過，山芙蓉轉眼粉身而去。往往雨又滴瀝滴地，猶原是盼不到什麼而泣，燈影不遠處隨風擺盪，人跡眉目不清，因記憶隱晦又零碎，每當掩飾了心底惆悵，想為離合的規律找註解，為樹梢曲折頓然靜默，而陷進了一張漂泊風中的蛛網，離不開的神諭又加演一場大霧。

猶原有一叢火苗終年不熄，企圖把時間燒燬，迎向未明的方向。但星空寂滅，突然不能再打擾了，為此更加失神、疑慮，而覺悟，而在宿命的結局處逃逸。那些無法言及的，無法爭辯的煙火，原來已然瞬逝。

許是教學與研究的緣故，得以一窺現代詩的堂奧。或許，從來沒有想過自己對於文字的感應、斟酌，以及次第展開的情緒，甚至物我之間的對照，能有多大的把握。假如字跡錯落處、斷行處，有時隱約見到情感的波動，即使我能夠讀懂，並且了然於心，顯然對我而言，必須花費更多的時間，去理解，去撥開夾雜迷霧的路途，世界就這麼龐然矗立，我愈顯渺小。於是安寧的午後，過去與現在，總是走索在一條虛幻的線上，恍兮又惚兮。

曾經以為教科書是標準答案，直到上了大學，目睹政黨輪替後，方曉最大的體制不是國家機器，而是無解的時間。年少時，一味假裝自己是游擊隊，卻衝撞不了，也滿是傷痕，然後虛擲光陰，以為就是給予報復。久之，才稍懂莊子所謂「吾生也有涯，而知也無涯」。時移事往，果如白居易所言「心安是歸處」，或許才能勉強抵禦外在的風雨。

這本詩集收錄我從 2001 年到今年為止的詩作，倏忽二十年的光陰。必然在匆匆變化之間，我成長著，也歷經無數次跌跤。每當斷定一次預感，甚至是心靈的領會，或者屏息以待，讓空氣凝結如斗大的問句，存在緊張的氛圍，我直覺了一些不可解的元素，原來的風景，現在一片迷濛。假如，我們小心走過一段日子，最後幾乎剩下斷裂的碎片，猶能拼得完整？當波赫士寫道：「因為時間永遠分岔，通向無數的將來。」只要做出一個決定，等於犧牲了其他無數的可能。當過往成為一卷殘帖，情感如水紋波動，無論走過多少行旅，亦難以通曉物哀的美學，何況終歸要習慣孑然一身的無伴奏時光。

腦海裡偶之閃現安哲羅普洛斯導演《永遠的一天》極富寓意的公車片段，極像是人生旅程的縮影，一個來日不多的老作家帶著救來的阿爾巴尼亞小男孩上車，窗外光影，人來人去，情侶不合，丟下了花束，另一個男人撿走了。小男孩透過玻璃窗，望向車外的霧中風景，途經示威抗議的場合，舞著大紅旗的革命青年上車後累到沉睡（一如霧濛濛的希臘政局），也有音樂家忘情演出（如果人生只有兩位聆聽的知音？），如果生命的盡頭是要尋索答案，明天會持續多久？那個答案，是比永遠多一天，最甜美的該是當下，一日而永恆。

我試著從規律的節奏複寫生活歷史，試圖節選某個片段記憶，讓自己安於「時間的節拍」，找到對應的聲音、顏色與情緒。

二〇二一・九・十五　高雄

新人間 342

時間的節拍

作　　者—鄭智仁
主　　編—李國祥
企　　畫—吳美瑤
編輯總監—蘇清霖
董 事 長—趙政岷
出 版 者—時報文化出版企業股份有限公司
108019臺北市和平西路三段二四〇號三樓
發行專線—（〇二）二三〇六—六八四二
讀者服務專線—〇八〇〇—二三一—七〇五
（〇二）二三〇四—七一〇三
讀者服務傳真—（〇二）二三〇四—六八五八
郵撥—一九三四四七二四時報文化出版公司
信箱—10899臺北華江橋郵局第九九信箱
時報悅讀網—http://www.readingtimes.com.tw
電子郵箱—genre@readingtimes.com.tw
法律顧問—理律法律事務所　陳長文律師、李念祖律師
印　　刷—紘億印刷有限公司
初版一刷—二〇二二年一月二十一日
定　　價—新臺幣三三〇元

時報文化出版公司成立於一九七五年，
並於一九九九年股票上櫃公開發行，於二〇〇八年脫離中時集團非屬旺中，
以「尊重智慧與創意的文化事業」為信念。

本書榮獲第五屆周夢蝶詩獎

時間的節拍 / 鄭智仁著. -- 初版. -- 臺北市 : 時報文化,
2022.1
面；　公分. --（新人間 ; 342）
ISBN 978-957-13-9930-0(平裝)

863.51　　　　110022715

ISBN 978-957-13-9930-0
Printed in Taiwan